EVELINE PAWLICH

Was könnte es Schöneres geben, als ein Zuhause unter freiem Sternenhimmel mit einer vertrauten Partnerin zu teilen? Darüber besteht für die obdachlose Elli kein Zweifel. Doch ob diese romantische Vorstellung der liebenswerten Optimistin auch realistisch ist, wird sich am Ende der skurrilen Zwei-Personen-Komödie herausstellen.

Eveline Pawlich, geboren 1951 in Berlin, arbeitete nach einem Germanistik- und Geschichtsstudium als Dramaturgin und an einem Berliner Gymnasium. Sie veröffentlichte Reiseberichte im Berliner "Tagesspiegel", die Kurzgeschichtenbände "Falkenjagd" und „Mama, die Tür klemmt", die Gedichtbände "Kein Halt auf dieser Strecke" und „Valentins Strauß" sowie Gedichte in Anthologien. Sie schrieb die Komödien „Frankenstein gratuliert" und „Haben Sie Raymond gesehen?"

Eveline Pawlich

Sternekieken

Trügerische Idylle
in zwei Szenen

Komödie

Die Deutsche Nationalbibliothek verzeichnet diese Publikation in der Deutschen Nationalbibliografie, detaillierte bibliografische Daten sind im Internet über http//dnb.de abrufbar.

© 2020 Eveline Pawlich
Foto: Eveline Pawlich
Satz und Layout: Eveline Pawlich
Umschlaggestaltung: BoD
Herstellung und Verlag: BoD - Books on Demand, Norderstedt
ISBN 9783752649055

Sternekieken

PERSONEN

Elli –
obdachlose Parkbankbesitzerin aus Berlin

Rosi –
Prostituierte aus Hamburg

ERSTE SZENE

Parkbank abends. Elli, eigentlich Elvira, ca. 50 Jahre, Urberlinerin. Ungepflegt, deutlich sichtbare Zahnlücke, mehrere schmutzige Kleidungsstücke übereinandergezogen, Pudelmütze, Handschuhe. Sie sitzt dem Publikum frontal zugewandt inmitten von Tüten. Ihre Arme liegen ausgestreckt auf der Banklehne, die Beine hat sie ebenso von sich gestreckt. Scheint mit sich und der Welt zufrieden. Betrachtet ohne den Kopf zu bewegen das Publikum, streckt sich wohlig, grient das Publikum ab und zu an. Neben der Bank steht eine Zweiliterflasche Rotwein, halb voll.

ELLI   Na, Mensch, nu sajen Se schon wat! Wo Se schon hier sind. Scheen is et hier, wa? So oft komm Se nich her, wa? Kiek'n Se mal, die Sterne! Da oben, da, der jroße Bär - un da der Kleene! Seh'n Se nich so oft, wa? Ja, ja, da muss man schon bejnadet für sein. Is aber ooch jut so. Jeden Abend so ville Leute hier in Park, det is nich auszuhalten.

Ick schlafe hier wejen die Ruhe, wissen Se, wejen der Ruhe. Früher, die Nachbarn, det Jeplärre von Fernsehen, denn die Jör'n, zwischendurch det Jekeife von die Alten. Also nee. Dann in de Nacht wieder die Jör'n! Wenn se nich eh schon plärr'n, flieg'n se aus'n Hochbett. Wum, jeht det. Und denn plärr'n se wieder. Da vasteh'n die Alten neemlich nischt, wenn se anjesoff'n sind. Da schlaj'n se schon ma zu, wa. Und denn knall'n se eben runter. Vadient hab'n et die Blajen. Aba muss ja nich unbedingt in de Nacht sein, wa? Imma dieset: Wum! Wum! Wum! Nich auszuhalten!

Hab'n Se ooch Kinder? Na hoffentlich nich hier! Oder? *Sieht sich um.* Ach, da is ja een's! Halt die Klappe, Kleener! Hier biste neemlich uf meen

7

Jrundstück. Und Fußball is ooch nich. Nur det wa uns vasteh'n, wa? Det stört die Sterne.

Kinder, wissen Se, is scheen un jut, aber wissen Se, 'n Hund is besser - von de Flöhe ma abjeseh'n. 'n Hund, det is vor allen wat für de Nacht, wissen Se. Det kann arschkalt wer'n in de Nacht. Un wenn et nich regnet - denn jeh ick natürlich in Jeräteschuppen - sind Se dran vorbeijekomm -, also wenn et nich regnet, denn bleib ick ooch hier draußen. Det is keen Grund, uf de Sterne zu verzicht'n. Aber wejen die verdammte Kälte is so 'n Hund schon jut. Der klappert mit de Zähne und du klapperst mit 't Gebiss, und so wärm wa uns beede.

Wissen Se, wie warm so een Hund sein kann? Am besten sind die mit de langen Haare; ick hab vajessen, wie se heißen, aber die kenn Se ooch: die mit die langen Haare, braun, manchmal ooch schwarz, so groß. *Zeigt die Größe mit der Hand an:* Oder so? So 'n janz komischer Name. Na ja, Nam' sind Schal und Mütze, wie ick immer zu sajen pflege.

Früher hab ick hier alleene jepennt. Tu ick aber schon lange nich mehr. Jetz ooch nich. Zu jefährlich! So alleene hier nachts in Park. Hab'n Se Rosi übrijens schon jesehn? Det is so ihre Zeit. Na, is wohl noch wat dazwischenjekomm.

Also janz früher, ja, noch ville früher, da hab ick mir mal mit een Mann 'ne Bank jeteilt. Nee, nee, nich wat Sie denken. Det war nich die Bank hier, det war 'ne andere. Aber nee, det mit de Männer, det is nischt, det jeht uff Dauer nich jut. Wissen Se, die sind so unsauber! Mein Se, det der sich ooch nur eenmal am Tach rasiert hätte? Und wenn ick wat partout nich leiden kann, denn sind det die Stoppeln in't Jesicht. Und erst die Unterwäsche! Na, Sie könn et sich denken. Also, da leg ick jrößten Wert druff. Uff die persönliche Hygiene.

Deshalb jeh ick neemlich ooch niemals in so 'n Pennerheim. Wejen die Läuse, wa. Bloß keene sone Tippelschickse! Det hab ick mir jeschworen. Aba det hab'n Se schon jemerkt, wa?

Kramt unter allen Tüten zwei hervor, die sie nach vorne schiebt. Hier, alleene zwee Tüten! Raten Se mal! Na, Mensch, nu raten Se doch mal! Na? Na, Sie da! Jut, wir woll'n keen Quizz veranstalt'n. *Packt Unterhosen unterschiedlichster Art aus.* Hier, kieken Se: Unterhosen, allet Unterhosen! Funkelnajelneu. Noch in de Verpackung. Da leg ick jrößten Wert druff, ooch wenn det mich manchmal Nerven kostet, so an de Kasse vorbei - klammheimlich. Aber det is et eben, weshalb sich Mann und Frau unterscheiden. Die Hygiene.

Also nee, 'n Kerl, da bin ick nich mehr für. Da lebe ick hier lieba in Fried'n mit meine Rosi. Ne scheene Frau! Und imma so jut anjezog'n!

Tragisch, sach ick, tragisch! Der Gatte hat se janz urplötzlich valassen. Bloß weil se aus lauter Liebe nich wollte, det der so ville arbeetet. Zwee Berufe! Der Mann war völlich übafordert, sach ick Ihnen. Se hat den natürlich ooch uff Arbeet kenn'jelernt. Da hat der een Ooge uff se jeworfen, wat ihre Kolleginnen so jar nich recht war. Die hab'n ihr janz schön zujesetzt. Aba jeliebt hat se den! Imma wollt se 'n helfen

So is se denn ooch in sein Im- und Export einjestiejen. Wusste der bloß nischt von. Und wie det so is - se war ja noch nich einjearbeetet, so is se denn ooch prompt an de falschen Leute jeraten. Det war Pech. Aba statt für den juten Willen sich dankbar zu erweisen, wollte der nischt mehr mit se zu tun hab'n und hat se rausjeschmiss'n. Ick gloob, vaprüjelt hat er se ooch. War eben völlich übaarbeetet. So sind se eben, die Männer! Für Rosi war et natürlich 'n Schock. Da stand se denn da: keene Bleibe mehr, keen Auto. Und jetzt lebt se hier.

Wir leb'n janz jut. Die is ja so jebildet. Da könn Se echt wat lern. Eene Sprache, sach ick Ihnen! Janz akkurat! Englisch kann se ooch. Vielleicht kann ick ihr ja nachher ma bitten, wat für Sie zu parlieren. Vielleicht nach 'n Essen.

Meist bringt se 'n Döner mit. Manchmal ooch 'n halbet Huhn. Also, nich, det Se denken, die armen Asos hier! So is det nich. Wir könn uns schon wat leisten. Komisch, wo se nur bleibt? Se hab'n se nich schon jeseh'n?

Wo war'n wa steh'njeblieben? Bei Männer, wa? *Schaut auf einen Mann im Publikum:* Also nischt jejen Sie jetzt; könn Se ja nischt für. Aber der einzige, der bei mir noch wat erreichen täte, det wär unser Wachtmeester hier in Park. Een scheener Mann! *Öffnet beim Schwärmen den Mund, so dass man die Zahnlücke sieht.* Nich jedermanns Jeschmack vielleicht. Bisschen kleen, aber jut gebaut. Und ooch imma jut rasiert. Außerdem 'ne Seele von Mensch. Hat sich dafür einjesetzt, det ick die Bank hier koofen kann. Is uns're. Glooben Se nich?

Ick kann Ihn den Vertrag zeij'n. Hat er ooch uffjesetzt. *Holt ein Stück Papier aus einer Tüte.* Hier steht det: Elvira Kleinotter, jebor'n am Zweiten Zehnten *(oder Datum der Aufführung)* zweitausend...- Is nich interessant für Sie. - Le-a-serin der Parkbank Moddel Sans-sussi. Und jetzt, det is wichtig: zwanzich Euro pro Monat bis zur Ablösung der Jesamtsumme oder Rückgabe. Kommt natürlich nich in Fraje.

Wat hab'n wir heute? Ultimo war schon, wa? Mensch, da muss ick ja bezahl'n! Da kommt er sicha morjen.

Der is ja so hilfsbereit. Nimmt mir die janzen Bankjeschäfte ab. Ick bin nich so für Bürokratie, wa. *Zieht die Handschuhe aus. Kramt in ihren Jacken- und Hosentaschen einige Münzen hervor. Zählt:* Na, Mensch: siebzehnfuffzich, -sechzich, ah ja, -fünfunsechzich, sieb'nunsechzich - Hilft nischt! Sie wissen, wie det is, wenn man Verträge macht. Da muss man sich dran halten.

Geht ins Publikum. Ick mach's nich jerne. Aber ick bin in 'ner Notlage. Entweder zahlen oder banklos. Det wollen Se doch ooch nich, oder? So 'ne scheene Bank! Schließlich will ick se mal Rosi vermachen. Als Erbstück sozusagen. Mit 'n Messingschild: een Herz - und drin steht eingraviert: Rosi und Elli. Nich wat Sie denken! So is et nich. Det is menschliche Verbundenheit.

Hab'n Se mal 'n Euro? So'ne Frauen sind wir beede nich. Danke scheen! Hab'n Se vielleicht ooch mal 'n Euro? Sie wissen doch: 'ne Notlage. Sie sind een juter Mensch. Und Sie? Hab'n Sie keen Mitleid mit so arme hilflose Frauen? Die müssen sonst uff'n nackten Boden schlafen - bei die Kälte in de Nacht.

Ick seh schon! Sie sind eener von die neue Generation. Da läuft nischt ohne Beteilijung. Hab ick recht? Vielleicht 'n Posten, wa? Bankdirektor. *Lacht.* Na, wenn nich für mir, denn jeb'n Se ja vielleicht wat für Rosi.

Wenn Se die erst kenn! Ick kann nur sajen, seitdem die hier bei mir is, seitdem jeht det mir jut - so von de Seele her, und trinken tu ick ooch nich mehr, na ja, nich mehr so ville. Sie is so 'n feiner, so 'n jebildeter Mensch. Danke scheen!

Autobremsen quietschen.

Aus dem OFF: Aua!

ELLI Ach, da is se ja.

ZWEITE SZENE

ROSI, *eigentlich Rosemarie, heruntergekommene alte Hamburger Straßennutte, aufgetakelt, Minirock, schwarze hohe Stiefel (oder Netzstrümpfe), kommt angestöckelt, Tüten in der Hand. Türenschlagen, Abfahrtgeräusch des Motors. Rosi dreht sich um, brüllt dem Auto hinterher, in dessen Richtung sie noch einmal ein paar Schritte rennt:* Du Arsch, du, du Wichser, du hohle Nudel! *Dreht sich wieder um, geht in Ellis Richtung.* Scheiß Kerls!

ELLI *mütterlich:* Na, Mäuschen, wat is denn? Wat is? War doch 'n großet Auto. Biste doch sonst immer sehr zufrieden mit.

ROSI Dies miese Arschloch! Dieser Kinnerficker! Erst sacht er nee, denn sacht er ja, denn wieder nee, denn ja, und schließlich wieder nee. Wo ich den zugeredet hab mit Engelszungen!

ELLI Und?

ROSI Denn hat er sich bequemt, der feine Pinkel, die Tür von Auto aufzumachen.

ELLI Und?

ROSI Na, ich denn rein. Wo denkst 'n hin! So 'n schöner Wagen: 'n BMW, nech! Mit Plüsch an Lenker. Und richtige Halters für die Coladosen.

ELLI Und?

ROSI Na, nu sacht er wieder nee. So spiel ich denn an Radio rum - und denn an seine Büx, nech. Da wehrt der sich doch, baxt mir 'n paar. Das versteh man einer.

ELLI Mensch, det is doch klar. Det war een Sado-Maso.

ROSI Quatsch! Dem tat das sofort leid - und denn wollt er neemlich. Bloß sollt ich man die Fresse halten. Von wegen Bull'n und so. Mit die Bezahlung war auch allens klar: 'n Zwanziger, nech. Und wie ich denn so richtig bei war, da will er wieder nich. Schietenvergrellt wurd ich, so echt sauer. Du kennst mich ja. Ich bin wie 'n Lamm. Aber wenn sich einer an 'n Vertrag nich halten tut, denn werd ich richtich kiebich. So klammer ich denn an seine Büx, nech, und droh ihm mit mein Macker und sein Pitsbull.

ELLI Hast doch jar keenen.

ROSI Das weiß der doch nich. Ich mach das Licht aus - kenn mich ja aus mit all die Knöpfe - und sach: "Ne Jungsche macht dir so was nich. So was von Praxis kannst man suchen geh'n." Und denn sogar: "Kannst das ja auch 'n büschen preiswerter ha'n, Jung." Schließlich kennt man die Preise vonne Konkerrenz, die aus 'n Osten. Der aber will noch immer nich. Wir war'n nu schon bei achtzehnfuffzich. Ich wieder: "Zier dich man nich, Süßer! Nachts sind alle Katzen grau." Und denn gibt er endlich nach, hab ich mir jedenfalls gedacht. Aber das war ja man bloß 'ne optische Täuschung. Latscht der aufs Gaspedal, rast wie beschallert um die Kurven, so dass ich hin- und herfliegen tu - mittenrein

13

in meine Tütens. Und denn schmeißt er mich hier raus.

ELLI Männer!

ROSI Und bezahlt hat er auch nich.

ELLI Macht nischt, Kleene. Ick hab die Rate zusamm. Und sogar noch wat drüber. Jetz setz dir erst mal!

Rosi und Elli setzen sich. Rosi legt die Tüten ab. Elli reicht ihr die halb volle Zweiliterflasche. Rosi trinkt. Dann trinkt Elli.

ELLI Haste dir wehjetan?

ROSI Nö, is schon o.k.

ELLI Dann is ja jut. Lass det mit det Jeld. Immerhin biste Auto jefahr'n. Und irgendwie jeht immer allet. Muss ja ooch. *Ergreift die Flasche.* Hauptsache wir beede hier, hier untern Sternenzelt! Carpe dios! *Trinkt.*

ROSI Was sachste?

ELLI Carpe dios! *Trinkt. Gibt Rosi die Flasche.*

ROSI Und was tut das heißen?

ELLI Weeß ick nich. Ha' ick irjendwo ma' jehört.

ROSI Carpe, car-pe. Lass mal! Car-pen, Karpfen! Das isses! Das hasse falsch verstanden. Musst dir ma wieder die Ohr'n waschen.

ELLI Meenste? Na ja, kann sein. Du hast ja 'n Schulabschluss. Und "dios"?

ROSI Na, das weißt ja sogar du! Oder haste nie so olle Schlagers gehört? *Singt nach der Melodie von "O sole mio!":* A-dios mio , fel-la-tio, pene-trans-misso, san spi-ri-to! - Das is: Tschüss! Verpiss dich!

ELLI *erstaunt:* Karpfen, verpiss dir? Na, so'n Scheiß!

Beide schauen in die Sterne. Rosi kramt einen Taschenspiegel hervor, zieht sich mit dem Lippenstift die Lippen nach, summt melancholisch die Melodie. Beide trinken.

ELLI Wat kann det Leben scheen sein, wa?

ROSI Hm.

ELLI Wat hast'n?

ROSI Ich hab man grade so an früher denken müssen.

ELLI Det Meer, wa?

ROSI Hm. Und all die vielen Matrosen... Aus England kamen die, und aus Irland und Schottland, nech, und aus Russland, und Holland und Neuseeland, sogar aus Island und Finnland, und Griechenland, und Grönland...

ELLI Hör uff, du machst mir mit dein erdkundlichet Wissen janz meschugge.

ROSI *schwärmt:* Schöne Kerls, das war'n ganz annern Schnack. Wegen die bin ich ja wech von Kirchhammelwaden nach Hamburch - damals. Sportlich und tüchtich durchtrainiert – egalwech - war'n die. Sone Bizepse! Und sons' war auch allens dran. Kannst mir glauben. Ich weiß, wovon ich sprechen tu. Hamburch anne Waterkant - das Bangkok vonne Nordsee! Bloß denn han se die Liegegebühr in Hamburger Hafen erhöht, nech.

ELLI Na und?

ROSI Da bin ich denn mit meine Liegegebühr natürlich runner. Und so war das man bannich knapp mit den Geld.

ELLI Wie det?

ROSI Die hatten keine Zeit mehr. Time is monny, dascha klar, nech? Alles musste flutschen. Aber eigentlich flutschte gar nix mehr - wegen die Liegegebühr, weißte, die von Hafen.

ELLI Vasteh ick.

ROSI Denn hab ich mich auf Autos gelecht, nech, so spezialisiert. Dascha gediegen, ne. Bis nich so ortsgebunden, siehste was von umzu. Mocht ich eigentlich immer ganz gerne. Und denn wollt ich mich ja auch verändern nach dem Mallör mit mein Gatten. Sein Auto war ja man sehr akkurat. Bequem. Und wenn er das Verdeck aufhatte, die Arme lässig aus'n Fenster mit all die schönen Tätowierungen... Warum hat der mir bloß man nich geglaubt, dass ich ihn nich verpfiffen habe? Was kann ich denn dafür, dass ich mit das ganze Zeuch gleich die Polente in die Arme bin? Im Leben hätt ich den nich verraten. Niemals! Bei Muttis Möse: nie! - Na, nu bin ich drüber wech. *Schaut ins Publikum:* Sach mal, was machen denn die vielen Leute hier?

ELLI Det jeht schon in Ordnung.

ROSI Findst das richtich?

ELLI Sind keene Kinder dabei - fast keene.

ROSI Ich finde das inne Nacht so was wie Hausfriedensbruch.

ELLI Wat du allet weeßt! Een Wörterbuch is nischt dajejen. Ach Rosi, ick bin so froh, det du mir über'n Weech jeloofen bist. Erst jetzt hat allet irjendwie een Sinn. Du und die Sterne! Und wenn wa erst die Raten für die Bank abjezahlt hab'n. *Zum Publikum*: Komm Se ruhig wieder mal vorbei!

ROSI Hasse wohl wieder deine Schlüpfers gezeicht, was? Na ja, Hauptsache, die mischen sich nich ein.

ELLI Tun se nich.

ROSI War der Wachtmeister schon da?

ELLI Nee, aba sicha morjen.

ROSI Du willst ihn doch nich etwa schon wieder was geben?

ELLI Na klar. Wir hab'n ja noch nich ma die Hälfte...

ROSI Mensch, Elli, was hasse nich schon alles gezahlt! Da krischa 'n ganzes Gartenlokal von bestuhlt.

ELLI Rosi, det mit de staatlich jestützten Preise, det is passee. Keener vakooft wat aus Idealismus. *Sieht sie an:* Fast keener.

ROSI Hast das ma überprüft?

ELLI Nee. Du weeßt doch, mit die Zahl'n, da hab ick noch nie wat mit anfangen könn.

ROSI Ja, ich schon, nech. *Kramt ein Prospekt hervor:* Nu kuck ma! In Kaufhof hättste schon vier Stück für gekriegt.

ELLI In Kaufhof! Det hier is 'ne Sonderanfertijung. Der Wachtmeester hat det extra jesacht.

ROSI So'n Quatsch! Die ischa genau wie in Kaufhof.

ELLI Komm, steh uff, Rosi! Hier, kiek! Die Latten hier! Zähl se nach! Zwee mehr als in Kaufhof! Damit fängt det schon an.

ROSI Bullshit, sach ich da man nur. Grade gestern hab ich eine in Kaufhof geseh'n!

ELLI Aba nich meene.

ROSI Genau dieselbe, ne. - Nu denk doch mal nach! Das gibt's doch gar nich. In ein öffentlichen Park!

ELLI Natürlich jibt's det. Haste vielleicht noch nich jeseh'n. Banken mit so een Namensschild druff - jenau wie bei 'ner Wohnung.

ROSI Mensch, die hat doch einer gestiftet!

ELLI Na klar, wenn ick tot bin, könnt ick die ooch stiften. Aba erst ma wollt ick det eijentlich nich.

ROSI Also, nu pass ma auf! Der Park gehört die Stadt. Und in Park steht der Geräteschuppen. Und wem tut nu der Geräteschuppen gehör'n?

ELLI Den Järtner.

ROSI Mensch, Elli!

ELLI Ha' ick jeseh'n. Der hat 'n Schlüssel.

ROSI Nee. Mach weiter! Wen?

ELLI Den Wachtmeester.

ROSI Nee, natürlich nich. Elli, der gehört die Stadt. Und wenn der Geräteschuppen in Park die Stadt gehört, wen tut dann die Bank in Park gehör'n?

ELLI Ooch der Stadt?

ROSI Na, siehste! Und was hat der Wachtmeister damit zu kriegen?

ELLI Der hat se der Stadt abjekooft und vakooft se jetzt mir. Ach nee, kann nich stimmen. Eijentlich zahlt der det Jeld imma ein, wat ick ihn jebe. Also is doch allet in Ordnung! Wat willste? Der zahlt det uff's Konto von de Stadt.

ROSI Hat er dir denn mal die Auszüge vonne Sparkasse gezeigt?

ELLI Wozu? Da brauch ick mir jar nicht drum kümmern. Det macht der allet alleene.

ROSI Alleine. Das ischa, was ich mein tu.

ELLI Wat is et?

ROSI Elli, das is ein Betrüger!

ELLI Det sachste jetzt nich, Rosi! Det vabiete ick dir!

ROSI Ha, die Bullen, die kenn ich. Und verbieten lass ich mir gar nix.

ELLI Und ick, ick kenne die Männer. Und ick weeß, unsa Wachtmeester is 'ne Ausnahme. Der is wat Besonderes.

ROSI Woher willst das denn wissen?

ELLI Det sieht man. Und jetzt is Schluss, aus! Ick will nischt mehr hör'n davon!

ROSI Nu sei man nich gleich so fünsch. Wiste 'n büschen was essen?

ELLI Hm.

ROSI Ich hab auch was ganz Schickes mit.

ELLI Hm.

ROSI Hasse denn gar kein Hunger?

ELLI Na klar, hab ick Hunger. Ick hab seit heute morjen nischt jejessen. Und bloß von de Sterne...

ROSI kramt in einer der Tüten, holt zwei Matjesbrötchen und eine Flasche billigen Sekt heraus.

ELLI Mensch, wat is los? Haste in Lotto jewonn?

ROSI *zeigt auf Ellis Flasche*: Mach ma die Buddel leer!

ELLI *hebt die Flasche hoch, kippt sie um*: Is leer.

ROSI kramt eine Kerze hervor, steckt sie in den Flaschenhals und entzündet sie.

ELLI Mädel, wat feiern wir denn?

ROSI Los, mach die Augen zu! Los, mach schon! *Kramt ein Päckchen hervor. Überreicht es Elli. Singt:* Happy Börsday to You, Happy Börsday to You, Happy Börsday, liebe Elli, Happy Börsday to You!

ELLI *hat inzwischen die Augen geöffnet. Ergreift das Päckchen*: Du meine Fresse, det hab ick glatt vajessen! Ick hab ja heute Jeburtstag. Aber du, Rosi, du hast dran jedacht! Mensch, Rosi, ick hab jar keene Worte! *Wischt sich die Augen. Umarmt Rosi.*

ROSI Ach, Elli! *Machen sich wieder voneinander los.* Nun pack doch aus! Kuck ma, was drinne is!

ELLI Mann, so 'n schönet Papier! *Wickelt einen schwarzen, offensichtlich viel zu kleinen Strumpfhalter aus.* Ick bin platt, Rosi. Mensch, det is ja, det is ja, nee weeßte - Carpe dios! So wat hab ick mir schon imma jewünscht.

ROSI Is second hand. 'ne and're Größe war leider nich.

ELLI Hatten Se ooch Unterhosen?

ROSI Nee.

ELLI Na, macht nischt. Det du daran jedacht hast!
  Weeßte, jetzt kann nischt mehr schiefjeh'n. Die
  Sterne, wir beede und der Strumphalter!
  Drapiert den Strumpfhalter über die Banklehne.

ROSI Nu setz dich man! Ich denk, du hast Hunger.

*Beide setzen sich. Elli glättet das Geschenkpapier,
Rosi reicht ihr die Brötchen, die Elli jeweils zum
Halten in dieses inzwischen in zwei Hälften
zerrissene Papier wickelt. Beide essen schweigend,
Elli mit sichtbarem Genuss. Zwischendurch wird
auch aus der Sektflasche getrunken.*

ELLI Jut!

ROSI Sach ich doch! *Reicht Elli die Flasche:* Wiste
  noch?

ELLI *trinkt:* Prost! *Zum Publikum:* Wenn Se ooch
  Durscht hab'n, am Ausjang jibt's 'n
  Schnellimbiss. Jut sortiert. Ick mein bloß.

ROSI Prosit!

ELLI Jetzt bejinnt een neuet Leben, Rosi. Det
  versichere ick dir. In acht oder neun Monate
  hab'n wa die Banke abjezahlt und dann: heidi,
  heida! - dann essen wa Matjes satt jeden
  zweeten Sonnabend, vielleicht ja ooch ma Aal
  oder so, wa? Und dann kieken wa Sterne! Ach,
  Rosi -

*Rosi trinkt. Reicht Elli die Flasche. Elli trinkt, ist
wohlig glücklich, selbstzufrieden. Rosi benimmt sich
eher etwas distanziert. Sie schaut noch einmal in den
Spiegel.*

ELLI *blickt in die Runde, verharrt mit dem Blick auf Rosis Tüten*: Mensch, du hast ja 'ne neue Tüte! *Liest die Werbeaufschrift*: Eros-Center!

ROSI Hm.

ELLI *grient*: Wat willste denn in Eros-Center?

ROSI schweigt.

ELLI Na, weeßte, Rosi, ick find dir schön, aber… ick will dir ja nich kränken…

ROSI schweigt, trinkt.

ELLI Entschuldije, ick will dir wirklich nich zu nahe… Mensch, Rosi! Det sind Rosinen!

ROSI schweigt.

ELLI Rosiiinchen, die schönen Autos! Du bist doch so für Autos. Und denn hab'n wa ja imma noch unsre Banke.

ROSI Ich muss dir man was sagen, Elli.

ELLI Brauchste nich. Ick hab imma Jeld. Reicht für uns beede.

ROSI Das is ja gar nich.

ELLI Na denn?

ROSI Ich hab 'n Zimmer.

ELLI Du hast een Zimmer? Wo?

ROSI: Na, in das Eros-Center.

ELLI Wat haste?

ROSI Die hab'n da jetz 'ne ganz neue Abteilung: Ge-ri-a-trie.

ELLI Hab ick schon mal jehört.

ROSI Hm. Das is 'ne echte Schangse für mich. Stammkundschaft, nech - abgeseh'n vonne Ausfälle.

ELLI Det kannste doch nich machen, Rosi! *Tippt sich an die Stirn*: Rosemarie von de Geriatrie!

ROSI Doch, Elli, wat mutt, dat mutt.

ELLI Muss et jar nich.

ROSI Das mit den Geld, dascha nich grade doll, aber du weißt ja, ich bin so'n Arbeitstier aus Leidenschaft. Dascha meine Paschon.

ELLI Ick weeß. Da red ick dir ooch jar nich rin.

ROSI Außerdem hab'n se da ärztliche Betreuung für gratis.

ELLI Ärztliche Betreuung? Rosi! Ick gloob, die Sterne samen ab! Mensch, denk doch mal an uns're Bank! Du solltest se ma erben.

ROSI Ach, Elli.

ELLI Ooch von de Tüten kannste dir wat aussuchen. *Holt Unterhosen hervor*: Hier, nimm! Oder ooch zwee, wenn de willst.

ROSI Nee, danke, Elli! Das war ja man 'ne schöne Zeit. Aber Zeiten ännern sich eben.

ELLI Det vasteh ick nich.

ROSI Man wird nich jünger.

ELLI Ick vasteh et nich.

ROSI Musste auch nich, Ellichen. Ich mach das nich aus schier Schandudel. Das kannste mir glauben. Sagen wollt ich dir dascha eigentlich erst morgen. Aber wo du nun schon mal die Tüte gesehen hast...

ELLI Nee -

ROSI Elli, unsern Matjes, den essen wir beide man trotzdem, ein um annern Sonnabend. Versprochen. Ich komm ganz bestimmt. Wir zwei beide: Sterne kucken, wie immer, nech! Ne Buddel tu ich auch mitbringen. Auf Ehrenwort, Ellichen. Du bischa auch gar nich alleine. Kuck ma, all die Leute hier. Vielleicht hat ja auch einen von den 'n Hund. *Elli schluchzt.* Ach, Ellichen, nu flenn ma nich! Du weißt doch, ich kann Frauen nich flenn seh'n. Bitte tu doch jetz nich weinen! *Elli wischt sich mit dem Ärmel die Augen trocken.* Aber manchmal hab ich schon so'n büschen Rheumatismus. Und das wisstu doch auch nich. Oder?

ELLI Nee! *Schluchzt.*

ROSI Du kennst doch meine kalten Petten. Wiste das?

ELLI Nee! *Schluchzt.*

ROSI Na, siehste! *Elli schluchzt weiter. Rosi streicht ihr beruhigend über Kopf und Schultern.* Kann ich was für dich tun?

ELLI Nee.

ROSI Wiste noch 'n büschen was trinken?

ELLI Nee.

ROSI Na, denn schieb ich jetz ma los, nech. Tut ja
nich nötich, dass wir beide hier Trübsal blasen
tun, nech. *Packt alle ihre Tüten zusammen. Zum
Publikum:* Hat einer von Ihnen ma 'n Auto? -
Nee? Na ja, ischa nich weit.

*Rosi geht. Elli bleibt auf der Bank sitzen und wischt
sich die Tränen vom Gesicht.*

Musik.

Dank an Martina
für ihre Einführung
in den Hamburger Dialekt